# 千帆外

曉蘭 著

〈千帆外〉

捲起一彎
寒冷的衣袖
將那
長長的牽掛
踏成
水中的月色
寫進
千江千水中
千帆外
濤聲不絕....

〈雪香〉

走過一座橋
遠山成近水
推開一扇窗
你將走過的足跡
悄然
凝成雪和霜
想念你時
我撬開一塊冰
垂釣
釣起
一桿
雪香……

〈秋的顏色〉

走過
鋪滿銀杏落葉的小徑
我把一個秋天
夾進書本中
當我忘記秋的顏色時
就
輕輕打開它……

惜別離

葉落了
水靜了
那深夜的嘆息和牽掛
都化成
一場春雨如煙

仍記得父親用他的手背
拭著淚 對我說
那天我趕去看你媽 趕著
告訴她
我這一生最愛的人
是妳
謝謝妳
為我們家一生的辛苦....

〈廊橋倩影〉

是怎樣的倩影
教你一生流連
是怎樣的美麗
教你看見天堂
當我走過廊橋時
河上的清風
吹得更是溫柔
當我佇足古橋時
我在想
天長地久
該
如何為.....

〈銀河裡的星星〉

記憶裡
我們曾是一群擱淺在銀河裡的星星
日裏，為追逐天邊最詩意的雲彩而忙碌
夜裏，我們和著弦一起遙望
　　月光下如銀絲盤纏
　　相交又相錯的溪流

逐那年輕的夢
為　寫一首濃郁的詩
　　好藏在心靈的深處
為　釀一壘香醇的美酒
　　好藏在行囊裡
陪伴我們浪跡天涯……

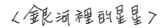

## 洛夫序

# 千帆外——曉蘭詩札

王曉蘭要出詩集了，真高興，值得浮一大白！其實曉蘭精彩之處還不僅是一位詩人，她的繪畫和攝影也相當出色，而集詩人、畫家、攝影家集一身的藝術家，恕我孤陋寡聞，在我認識的朋友中，除了曉蘭，還不多見。

在現實生活中，曉蘭更是一位有情有意，有愛心，既時尚又古典的現代女性。在這個詩集的前言中，她特別舉一個「愛」字，顯示她寫詩的最大動力是「因為愛的緣故」，給父母，親友的愛，正是聖經中一再強調的「永不止息的愛」。這使我想起另一位女詩人的話：「愛，是我唯一能聽懂的語言。」

我一向認為，詩之不同於其他的文學類型，主要在於它那異於流俗，風神獨具的個人風格，以及稍帶曖昧意味，和陌生感的意象語言。這或許就是在本質上詩之不可盡解，也不必盡解的原因，詩畢竟是一個詩人的心靈密語。所以才有「詩無達詁」一說。但曉蘭的詩大都可感可懂，語淺而情深，故能引起大多讀者的心靈共鳴，原因無他，只因她的詩充溢著具有普世價值的愛。熟稔的朋友都知道曉蘭的個性溫婉而沈穩，舉凡孤癖，猜狷，傲岸等這類屬於詩人的個性並不彰顯於她，她的心性更多地突顯在，對人和事物的深情眷戀與感舊傷懷之中。

詩是一種張揚個性，以自然狀態表達情感的文體，也是一種突顯詩人性情最本真的藝術形式，從平凡事物中發現詩意，使個人的發現變為讀者的感動，或深思。就曉蘭的詩而言，可貴的是，她這種詩意的發現不在於概念的陳述，而是透過一連串具體而鮮活的意象呈現出來，這些意象猶如一把鑰匙，開啟了感情的私語和心靈的密碼。她的詩情看來溫婉而蘊藉，語言單純而清麗，但細細的咀嚼之後又會發現詩中流露出一股難掩的傷感，例如〈如約〉中的一節：

鐘聲再起
你我　仍是渡口錯身而過的旅者
我把你的字
鎖進深遠的穹蒼
摺成一束清冷的
星光

詩人如是說：你我「在渡口錯身而過」，所以我把你的字(信?)鎖在既深且遠，高不可測的天空裡。其實言外之意是，我只好把你的信當作可望不可及的「清冷的星光」，深深鎖在懷念中。這份深情雖暗藏著「一股千年清泉」般的心。但這樣畢竟已是一段一去不復返的「沈寂的歷史」，說得多麼委婉而淒美，而這種感情也只有詩才能表達。這個集子裡的詩作多有屬於這類懷舊之作，背後似乎都有一個故事，一段揮之不去的懷念。其中也有些語意飛翔而意境空靈的詩，例如〈摺扇〉中的詩句：

把歲月的皺痕
摺入扇中
埋進一個長長的嚴冬
再
打開它時
泥土　還是一樣
清香

這樣的小品，讀來意味悠長，特別動人。曉蘭有些詩顯然受到中國古典詩歌美學與修辭的影響，風格上頗有詞賦小令的意趣，結構上則有極其鮮明的抒情的發展邏輯，誠如古人所云：「寫難狀之景，仍含不盡之意，宛轉悠揚，方得溫柔敦厚之遺旨耳。」

曉蘭的抒情詩還有一項明顯的特徵，這就是她在節奏的處理上別具匠心。我們發現當她的詩情如漣漪湧動，她的筆下自然激起層層波濤，詩句的時長時短表示情感的一放一收，因此大大的增加了文字錯落有致的音韻之美。我認為她的詩大多適於朗誦，在聲聲漫吟中，韻味全出。不但好聽，且另有副增價值，那就是藉語音之助可更完美地詮釋文字難以傳達的涵意。

詩的創作過程其實就是「神與物遊」的過程，原句出於《文心雕龍》的〈神思篇〉。所謂「思理之妙，神與物遊」，本是詩歌創作時的話醞釀與構思，乃中國傳統的審美方式，也就是在創作時，主體的我與客體的物二者之間的心靈融會，或稱之為「情景交融」，這是詩人營造意象的不二法門。曉蘭詩齡不長，作品也不多，但她在意象與音韻方面的掌握，的確有她不凡的演出。

周愚序

# 誘人尋覓的美

兩千年接近歲末的一個週末，在洛杉磯的一家五星級觀光飯店裡，我應邀參加此地淡江大學校友會的年會和新舊任會長交接典禮。淡江校友會我有許多老友，但那晚甫一進場，就令我眼睛一亮。而吸引我目光的，是一位身材高挑，氣質高雅，身著長裙，笑臉迎人，穿梭於賓客間的女士。稍後，朋友給我介紹，原來她就是即將接任會長的王曉蘭。但因她忙於周旋於全場，所以第一時間裡我並無機會與她多所交談。

賓客入場時，每人都拿了一本剛剛才出版，送給每位來賓的淡江校友會的年刊。坐定後，我就拿出了我的那本，首先我驚訝於刊物封面的雅緻美觀。等翻開來後，又發現了年刊的主編竟然就是王曉蘭。再翻到內頁，又有她的幾篇文章。我雖一時無法每篇細讀，但大致瀏覽，覺得每篇都是水準以上的作品。身為「北美洛杉磯華文作家協會」一員的我，這時不禁在想，有位這麼出色文采的人，為什麼沒被

千帆外

——曉蘭詩札

我們發現？為什麼她不是我們協會的會員？

新舊任會長交接儀式中，我更深一層地欣賞到了她的風采。新任會長的致詞言簡意賅，語音清脆悅耳，儀態落落大方，一舉手，一投足，無不散發出誘人的魅力。也就是在那時，我下定了決心，要為我所屬的作家協會立下一份功勞。

在儀式之後的卡拉OK餘興節目進行時，我終於得到一次與她有略為長一點時間交談的機會。我先向她將我們的協會作了一個概括的介紹，繼之就懇切地邀請她入會，以文會友，與我們共同切磋。真誠坦率的她，沒有虛偽的推辭，毫不扭捏做作，非常輕鬆，非常俐落。就這樣，從那天起，她和我就成了同屬一個協會的文友。

曉蘭入會後，由於她的才華洋溢和對人的誠懇，立刻便受到了全體會友的熱情歡迎。而她為了不負文友們對她的厚愛，也接受了文友們的提案，承諾擔任作協成立二十週年特刊的主編，以為對協會的回饋，和對全體文友的答謝。

曉蘭住在聖地牙哥，車行順暢時，與洛杉磯是兩個小時的距離。但上下班時間，或是遇上塞車，則需三個小時甚至更多，來回一趟就需六、七個小時。距離雖遠，但曉蘭從不誤事，更無怨言。舉凡討論特刊的編務，美工設計，洽商出版及發行事宜，大夥兒交換意見……她都不辭勞苦，專程前來與大家會合。在最後完稿階段，由於要及時趕在會員大會之前付梓，她更是夜以繼日，不眠不休。一本內容充實，美輪美奐的年刊，終於如期呈現給大眾，且佳評潮湧，為會員大會增添許多光彩。

更值得稱頌的是，曉蘭為公盡責盡力，但另一方面，她同時仍能自我不斷地努力，不斷地精進。就在作協的年刊甫出版不久，接著她就將出版她自己的《千帆外》——曉蘭詩文集。而幸運的我，竟能得以先睹為快。曉蘭文章寫得美，詩寫得更美。我不但一篇篇細讀，一行行細讀，且一字字細讀。常聽人們說「人如其文」，或是「文如其人」，曉蘭正是如此。不但如此，我認為，還應該在「人」與「文」之外，再加上一個「名」字，由這三個字來排列組合，更為貼切。

氣質優雅的曉蘭，就像一株曉色濛濛中的幽蘭，潔白，清香；她的詩和文，也是從濛濛中透露出一股誘人尋覓的美，讀了會使你醉入那陣微薰中，令人無法抗拒。這本《千帆外》——曉蘭詩文集，對我來說，就是無法抗拒的。

在我周遭的一些文友中，曉蘭是被放在最年輕的一族裡，但是她在文學上的造詣，則遠遠超越了這一族的水平。我確信，她的成就指日可待，她必定有燦爛的前程，在文壇大放異采。我祝賀她這本文集的出版，並很高興能向讀者推薦這本好書。

何念丹序

# 王者之香

王曉蘭　一位美麗的才女
集結她寫的現代詩出版文集
清新　靈秀　是詩文的容貌氣質
情意　優雅　是詩文的心靈流露
下筆咨意揮灑
氣韻渾然天成
讀其詩
猶如欣賞一幅寫意畫
畫的是
曉春三月的山野
幽蘭香自空谷來

那正是
王者之香
曉春三月芳華茂
蘭香幽谷品自高
讚

何念丹　寫意寫序4/11/2012

侯飛月序

# 為曉蘭詩集而寫的「序」

千帆外
——曉蘭詩札

為什麼有人要寫詩？
為什麼還有人要去讀詩？
詩，絕對不是用來被名評論家去分析、評價的東西！詩，是要把詩人內心那點莫名的感動傳遞出來，寄給那些也有同樣需求的朋友們的「一封信」而已！其實，孤獨的詩人寫出了自己的心靈活動之後，更是盼望得到一些知音的共鳴與慰藉啊。
詩人的內心裡塞滿了幾生幾世追隨著她的喜悅、煩愁、感傷、頓悟、那些看似無足輕重，但都是一些非得傾吐出來不可的東西，否則她是無法成眠的！換句白話來說就是「不寫出來就活不下去了！」的那種感情。
詩種、詩苗，跟隨著我們的生命一齊浮沈。一路走下來、它們逐漸壯大、變成了一個龐然巨物。大到再也無法觀望全貌的時候，心臟的大河就開始湍裂，奔流泛濫出種種思緒、情感，它們從詩人心靈中轉化為香灰發散出香味甚至變成酸醋烈酒。這強烈的躍動敲開了一扇大門窗：詩人從而活下來，心靈中的一切都被放生，詩而歌了！

王曉蘭，是風也是雲、是冰也是火。我一直認為詩人都是披星戴月的一個魂魄，一種純然精神能量的存在吧。

曉蘭的詩都是從她心底昇華出來的歌，或悲或喜，都有直搗人心的大氣魄！嗅不到一般所謂專業詩人的世愧與無病呻吟的俗套。

讓我們來欣賞曉蘭的這一首詩「如約」

我來
赴一個連時間都遺忘的　約
延著那年後山　小徑
來到遙遠　塞納河邊
我攀越過一座座古橋的記憶
找到那束你留在書中的
玫瑰

## 千帆外

——曉蘭詩札

你是否來過
只有風知道

啊！原來　那年
你我在遙遠山中栽種的　　夢
早已在這天涯高低處
長大成蔭

我們相視而笑
夢　在風中燃燒
我　犁過歲月的雲彩
把自己走成
一幅相約的　風景
許多　許多年後
在這遙遠　夢裡

與你　　相遇
如約
我來

最初我就被這首詩迷住了！反反覆覆，一而再地我讀著它！可以感受到那強烈執著的愛意，既使再經過千年萬年也是不會模糊的！她敢當敢受的那份思念就是兩個字「純粹」。我從來沒有見過這樣乾淨利落、強烈敘情的句子！她的夢她的愛，在拉遠漸淡的風景裡留下了天長地久無止境的「美」，它，超越了憂愁！她「犁過歲月的雲彩」！她「把自己走成一幅相約的風景」！悲壯得驚天動地美豔絕倫！讀罷此詩，我心底泛起了忽隱忽現的悽涼，久久不能淡去。這份「銘心刻骨」，將會隨著我們的詩人到永遠。

另外一首詩「廊橋倩影」

翡冷翠的夜
像一盤晶瑩的　玉珠
在翠綠的河中　搖愰

## 千帆外

——曉蘭詩札

折射著遠處摘下的
星光　　　　點綴
一座　古橋千年風華

是怎樣的　倩影，　教你一生流連？
是怎樣的　美麗，教你看見天堂？

有一種　愛情
可以在眼中閃爍千年
依然
清澈晶瑩
全然美麗

我
在想
天長地久

該
怎樣寫
我畫了一座古橋，
只是
沒遇見但丁

這首詩裡，都是辛酸都是悲哀！

她懷念著當年但丁對貝翠絲那種純屬精神、付諸心靈的戀愛！這在講究調情、肉慾至上的現代，已經是傻之又傻的事了。現代人的愛是絕對不能吃虧的！

她說：「我在想，天長地久，該怎樣寫？我畫了一座古橋，只是，沒遇見但丁！」

看到這幾句，我心痛了起來，淚水模糊了我的眼。「一座古橋千年風華」只是流連在星際的「點綴」嚒？

第三首動人的詩，很短的「箋」

## 千帆外
——曉蘭詩札

在
寫　和
不寫之間
在
寄　和
不寄之間
是
一封
永遠的箋

我想，我們每個人都能會這個意。是一罈永不被人開封的酒？抑或是一瓶香水呢？

她安排了清新美好的愛情，永遠住宿在透明詩人的心底？

「箋」平放在桌面還是在心底？

這不加形容詞的詩，世間大概就這一首了！

去年秋天我與曉蘭在行經沙漠、巴士旅行的歸途上偶然相遇，談起了幾位畫家，他們幾乎全是我少年時代的知音及熟悉的老前輩，於是我們之間的距離，一下子就拉到了近乎「零」。之後在談話中得知我們五代前的祖先都是山西太原人！幾百年前，她的先祖往南移居溫暖的江蘇，而我的先祖家則是向北，找到了綏遠的大草原南移北遷離開故里之前，先祖們都曾在自家門前的大院子裡植下了樹苗，以便有朝一日，後人再踏上故土返鄉時，可以分辨出「王家」「侯家」是在那兒！兩百年已經過去了，那遙遠中國的山西太原，有多少棵古樹？盼望著子孫回來在大蔭下坐一坐？從那天起我快樂了起來，是重溫舊夢吧？彷彿冥冥中，千年延綿下來的有緣人終於又走到一起了！

在現實世界裡，曉蘭從事建築工作。在幻想的世界她詩寫得好、畫得也好，的確是位難能可貴、多才多藝的美麗女史。

我恭喜曉蘭出這本內涵深刻、美好的詩集！

侯飛月　寫於2012年春末、在日本千葉山武市津邊成東

# 轉角處的春天

經過，不錯過……

…………

一個陽光明媚的春天。我沿着太平洋海岸線行駛着，一邊丘陵起伏，一邊海水正藍。

這條路，數不清己走過多少次。經過，許多春天，也錯過，許多美麗的風景。想着，想著，就把車轉進路旁休息站，面對大海停下。

海風徐來，吹的滿地野花紛飛。遠方海天一線間，有我走過的童年，走遠的父母和朋友。煩忙的生活中，靈魂，是孤獨的。

我豎起衣領，忘記背後，是如此忙碌的高速公路，滾滾的紅塵。眼前的雲，卻仍像紀元前一樣，潔白。

幾隻松鼠從土丘中快速奔過，躲在矮樹間觀望。成群的海鷗在人群中，爭寵，也爭食。有幾隻，駐立山崖，像羅丹的「沉思者」一般。生命，本是莊嚴，只是常誤將生活當生命。

休息，是為走更遠的路。

孤獨，真是可以找回自己？

千帆外，曾有我們年輕的夢。

曾經提起一隻行囊，飛走天涯。在浩瀚的天空下，不知道遙遠就竟多遠。我沿著夢的記憶，用足跡，走過歐洲城池，從古代走到現代，去翻閱一本讀過的歷史，去實踐一個年輕的約。走過世界許多路，卻常找不到兒時走過的路。

當我第一次踩上江南老家的泥土，當我再走回童年的家園，翻閱舊日的書箋時，發現有一種無法取代的感情，己深植在靈魂深處。我懷着米勒拾穗的心情，去探望昔日培育我們的師長，一起長大的好朋友，去尋找一生中沒見過的親人，去找回陌生了的自己。

千帆外，父親也曾有過年輕的夢。

## 千帆外

——曉蘭詩札

最後一次父親來美國，說起許多小時候的故事。一生走過的大江南北，徒步千里求學的經歷，那世代人情的溫暖，戰火中的顛沛流離。他回老家向母親告別時，從未料到——故鄉，終竟成天涯。那一生師表的嚴肅，在鄉愁裡，竟也化成一道春天溫暖的溪水。他，不時用手背輕拭眼角的淚水。

繪畫，建築是我年少的愛。寫作，是我錯過的愛。

我用一束清冷的月光，札起一碟在異鄉大海中飄浮的思絮。寫詩，因為畫不出，也說不白。幾年前，很高興認識我仰慕多年的詩人葉維廉教授和洛夫老師學長夫婦。從和他們的談天中，對生命文學的熱誠，讓我更深的體會詩人的世界。感謝葉教授，給我中肯的指導。感謝洛夫老師學長這些年來對我的愛護。也感謝周愚大哥引見我參加北美洛城作協，有幸認識《花鼓歌》作者黎錦揚前輩，《滾滾遼河》作家紀剛前輩，蓬丹、維敏、古冬、小郎、國仁等前輩，及多才多藝著名畫家作家念丹和作協朋友們，也感謝遠方的朋友，在很久很久以前就等著我，把天上飛過的雲和雨印成鉛字，也謝過飛飛在東瀛為此集子寫序，及網上文友們。

有些感情，可留在畫裏，

有些感情，可留在文字裏，

有些感情，可留在詩裏，
真正的愛，卻是不留痕跡……

人世上聚散因緣，誰又能真正擁有？朋友說，帶不走的要知足，帶得走的要追求。

想起同學給過我的一封信，他說：「我們都希望追求完美，唯有不斷發現不完美，才能繼續追求完美。」「多讀書，多畫畫」，是我們臨別的贈言。那年我們二十歲，什麼都沒有，卻擁有整個世界。旅居海外多年，夢裡，依舊常是「暮從碧山下，山月隨人歸」的嘉南風景。窗外，依舊是清輝窗前的淡水明月。只是「卻顧所來徑，蒼蒼橫翠微」。回首，一路芒草已深。

隔，一水，我用春雨寫首簾外的詩，用年華寫一幅塵煙中淡去的畫，用感恩和祝福的心，在案首寫一首歲月的歌。

轉角處
仍是一季繽紛的　春天

千帆外

——曉蘭詩札

千帆外

濤聲　依舊

# 前言

因為愛的緣故
在
昨日和明日之間
我寫一首時間的歌
獻給愛我的父母
親人和
朋友

愛，永不止息

千帆外

——曉蘭詩札

目次


千帆外——曉蘭詩札／洛夫 9

誘人尋覓的美／周愚 13

王者之香／何念丹 16

為曉蘭詩集而寫的「序」／侯飛月 18

轉角處的春天 26

前言 31

## Part A 千帆外

如約 41

雨中 47

傳說 49

摺扇 52

感恩的季節 54

# 千帆外

——曉蘭詩札


雪香 56
一座城 58
一扇窗 60
天狼星 63
畫展 66
錯過的春天 68
蘭陽的雨 70
銀河裡的星星 73
一棵茱萸花 76
幸福 79
童話 81
千帆外 92
恆河的歌 94
箋 100

松花江畔 102

家 105

無言 109

挽著夏荷 111

Part B 鄉關

櫻花雨 117

三月 120

鄉愁 122

漫漫長路 124

歸 126

繭 127

一湖煙雨江南水 128

早春 133
煙雨 135
走過 137
地平線外的春天 139
告別 142
過年 145

## Part C 濤聲

再見 淡水 151
最後一班 淡水列車 154
那一夜 157
想起你 161
七夕雨 164

目次

渡 167
托斯卡尼的夏天 170
長亭外 172
重逢 176
下午茶 178
雪香的咖啡 181
雨中行 183
淡江記 185
塵緣 192
廊橋倩影 196
風中的舞者 200
銀色的月光 203
潮聲響起 206
兩小無猜 211

雲遊 213
永遠的彩虹 217
夜歌 219
大峽谷 221

## Part D 沙漠情緣

沙漠情緣 227
走過 231
飛月清風 235
尋找 237
女孩 239
夜 240
山水之約 242

# Part A

# 千帆外

# 如約

我來
赴一個連時間都遺忘的　約

延著那年後山　小徑
來到遙遠　塞納河邊
我攀越過一座座古橋的記憶
找到那束你留在書中　的
玫瑰

# 千帆外

——曉蘭詩札

你是否來過
只有風知道

鐘聲再起
你我　仍是渡口錯身而過的　旅者
我把你的字
鎖進深遠的穹蒼
摺成一束清冷
星光

我延著那年山下　小河
駛進　陽光閃爍的蔚藍海岸
風

輕拂過　一頁斑駁的　窗紗
寫成一室如歌行板
露天花市
滲著淡淡橄欖醬的清香
飄過莎岡還未被遺忘的夏曰

山城　石階外
馬蒂斯　夏卡兒和詩人們
笑語聲彼起彼落

我在寧靜中躡着腳拾級而上
卻只拾得
一股　千年清泉的　沁心

# 千帆外

——曉蘭詩札

一段沈寂了的　歷史
一袋薰衣草加橘子的　芬芳

啊！原來　那年
你我在遙遠山中栽種的夢
早已在這天涯高低處
長大成蔭

記得
那年　你我
把課堂上的幻灯
捻成一室飛舞的　蝶

你說

以後　我們也得去那看看才行
我們相視而笑
夢　在風中燃燒

我　犂過歲月的雲彩
把自己走成
一幅相約的
風景

許多　許多年後
在這遙遠裡
與你　相遇
如約

# 我來

——寫於尼斯海岸——

# 雨中

窗外
雨　下成霧
下成千百個　漣漪
風　53度F
蕭瑟了　長長的沙灘
蕭瑟了的　豈只是
季節
還有一個
河邊古老的

千帆外
——曉蘭詩札

歲月
…………
等待
只為
一個
可以　再飛的
日子
…………
雨，在這　只留給冬天
雨，在這　只寫給詩人

——1/2/2011 Walking in the rain....——

# 傳說

網一把愛琴海的　藍
撈起
一群打盹的魚兒
睡眼惺鬆的眼底
依稀
一城千年風華煙雲
長長的衣衫　隨風
飄迎

## 千帆外
——曉蘭詩札

分不清
該依戀
希臘的　樑
還是
羅馬的　拱

斷垣殘壁上
寫著　海枯石爛
戴安那女神啊
妳，今
流落何方？

我們，剛剛走過的足跡

已是，牠們爭相傳說的
神話。

——1/24/2010 走過土耳其古城以弗所——

註：以弗所二千多年前曾是愛琴海上第一大港，繁華大城.如今海岸線已退至一個多小時車程外的新港，城內只剩下斷牆殘垣，曾經的繁華，只是腳下石板路上走遠的記憶。

# 摺扇

把歲月的縐痕
摺入扇中
埋進　一個長長的嚴冬
再
打開它時
泥土　還是一樣
清香

像一只飄得好遠好遠的　風箏
它

捎來一扇手寫的
灰飛煙滅
那飛舞似曾熟悉的　筆
是如此的
中國

——2009收到三十年不見學長寄來一只摺扇——

# 感恩的季節

很久很久以前
我們　一起長大
曾經　不知道
世界　有多大
世途　有多遠

走過長長的　路
方知道
世界就在我們　心中

能再見到　老朋友
喝一杯茶
讀　歲月寫過我們的故事
其實
是一件　幸福的事

在世上　還有人可思念
在世上　還能被人思念
其實
是一件　感恩的　事

——2010感恩節——

# 雪香

走過一座
橋
遠山成
近水

推開
一扇窗
你將走過的足跡
悄然凝成雪和霜

想念你時
我橇開
一塊冰
垂釣
釣起
一桿
雪香

——2010——

# 一座城

走進一座城
只見天空和屋頂

走出一座城
不見天空和屋頂

只見滿城台階上
都是你厥然的身影
熠熠
映在綠色帷幕裡

飛上天
想起你
不願說再見的　身影
我　什麼都看不見

眼中閃著
一萬只秋天金黃的　落葉
飄在　紫金山中

幾只
春時栽種的　花朵
依舊　盛開在
小徑上

# 一扇窗

再見
望海的
窗

是一張
陽光
斜斜寫在桌上的　信箋

是一杯
加了糖
獨自冷去的　咖啡

海浪　踮著腳尖
輕輕　踩在窗外的海上

椅子空了
顏色改了

那
曾是我母親說
是　她見過
最美的
一扇
窗

……

隨風而逝
曾是
母親喜愛的
一首歌
每個人生命都有
一扇窗
一片風景
一首歌

……

——2009 Dara Point——

# 天狼星

很久很久以前
小女孩在螢火蟲漫飛的夏夜
她問外婆
那一顆　天上最亮的星教什麼？
外婆說　那是
北斗星

長大後　河邊漁火點點的夏夜
她問男孩
那一顆　天上最亮的星教什麼？

# 千帆外

——曉蘭詩札

男孩說　那是
天狼星

她生日時男孩送來
一束玫瑰
男孩生日時　她送他
一本　天狼星

星空遼闊
幾番輪迴

驀然　回首
領他們黑夜前行的是
那頁夾在書中

# 皎潔溫柔的星光

——2009那是一個我們什麼都沒有，卻擁有整個宇宙的時代——

# 畫展

聽我用
春雨
寫首簾外的　詩
看我用卸粧的　年華
寫一幅塵煙中淡去的　畫

年少時
畫畫　是
寫一份素淨的心
年長後

畫畫　是
寫一份裁剪歲月後留下的
情

我把
歲月　的書臉
e在　牆上
……

——2010畫展——

# 錯過的春天

抖落一身寒冬的　雪衣
綠意　從枯竭的枝椏上伸出頭來
五月的　雨
點亮　山谷
也點亮夢境的
邊埵

一隻綠色袖子的
長笛
輕輕滑過　水面

# 告訴我
# 曾經錯過的
# 春天

——5/2010 再訪賓州落水山莊——

註：萊特的落水山莊是年少書上的故事，而來美求學的第一個城市匹茲堡就在不遠的地方，曾經多次拜訪這西賓夕法尼亞自然保護區中的歷史地標，在見到她，已經二十多年後的事了。

# 蘭陽的雨

走出雪山隧道
山水，層疊
歲月，似水
一張熟悉的臉
且把千年的　等待
寫成　一座山
疊成　一座島
……

期待了　很久
終於來到
你故鄉的小溪邊

因　你曾經告訴我
蘭陽夏季的　雨
是何等
嫵媚

深冬　煙雨裏
我靜靜　走過
小溪　溫暖了一季
蕭瑟

## 千帆外

——曉蘭詩札

埂上的農社
把水田寫成一幅氤染開的　水墨
我已忘記你說過上山的　路
想必那深山湖水的　綠
早已掩過你我心頭的　荒蕪

青苔
幾回攀越　牆頭

那雨
還是　被錯過

——2010年訪蘭陽校區——

# 銀河裡的星星

記憶裡
我們曾是一群擱淺在銀河裡的星星
日裏，為追逐天邊最詩意的雲彩而忙碌
夜裡，我們和著弦一起遙望
月光下如銀絲盤纏
相交又相錯的溪流

逐那年輕的夢
為　寫一首濃郁的詩，好藏在心靈的深處

## 千帆外
——曉蘭詩札

為　釀一曇香醇的美酒，好藏在行囊裡
陪我們浪跡天涯

夜深時，淡水河上的漁火
總是　清冷清冷
如螢火似的閃爍著
寂寞的綴在薄薄霧紗裏
像
詩人　沉思的眼底

夜，不是靜寂無聲的
他說
聽那濤聲
聽那蟲聲

聽那星星細語聲
和那昇華的琴聲

江邊的蘆笛又白了稍
讓它稍上我的祝福
當一封無言的信箋

——4/2008 送給那曾一起在銀河裡擱淺的星星們——

# 一棵茱萸花

寧靜的街道
一棵茱萸花　粉紅了
春天最後的記憶

推開客居的窗
簾外滿映
閃閃花影
和
對街屋簷下
一對老人和煦　笑顏

⋯⋯

老人說
這曾是他住過的家
這株山茱萸曾是
他母親走時栽種的

每年花開時
他總會回到對街鄰家住上幾天
輕臥搖椅
沿著　夢
擰開一盞忘記挪去的燈

千帆外
——曉蘭詩札

他回來了
母親回來了
走遠的歲月
也
回來了
…………

註：Dogwood為加拿大BC省花

——2010訪溫哥華——

# 幸福

選一個靠窗的　角落
陽光撒落窗外的　海面上
和昨天一樣　明亮

只想
告訴你
世上最幸福的人
是擁有
懂得欣賞你的人

千帆外
——曉蘭詩札

世上最美的情誼
是
海角　天涯
擁有
可以彼此祝福的你

——2012情人節——

# 童話

## 一

去年情人節
我在南京酒店中
訂了一束盛開的玫瑰
捧著回老家
送給父親

那是我一生中
第一次送花給他

我卻
只能和他的微笑
相遇在
鏡中
……

二

你說
那個夏天
是個沒有詩的日子

沒有妳
陽光變得好沉默

你說
你愛故鄉夏季的雨
因它來得　嫵媚
讓我想起
妳
……

三

沉沉的夜裡
你
寫著沒有句點的
詩箋

你說
我的字
會追踪妳
到最深的
夢裡
……

# 四

我要為你寫一首詩
因為
我怕
我逐漸年邁的

筆
將會認不得你的
容顏
……

## 五

你說
天曉得
我真有多愛上電腦課

說穿了
不過
想看　妳
一眼

……

## 六

你說
那天蹺課　和
我們　一起去河邊
結果　考試給當了
同學　說
值得

……

# 七

爺爺說
他教婆婆時
有天
在課堂上說
他最愛台灣的　花生

十多歲的婆婆
隔幾天
就帶了一瓶家中收成的花生
送他

爺爺說這是
花　生　緣

……

## 八

爺爺說
婆婆在醫院時
他趕來看她
只希望來得及告訴她
我一生中最愛的人
是妳

## 九

你從法國

寄來一張廊廂教堂
說
夜霧中
車開進阿爾卑斯山的鄉間
走進酒吧吃飯時
遇見幾位樸實可愛的法國女孩
在她們輕脆笑聲底
總是想著妳

你又說
隔天走進廊廂時
想著妳
把白紗穿在這教堂裏
將是如何的美麗

我把這卡片折進
你年少的
懷裡
……

# 十

在遠去的歲月裏
珍藏著
許多你我的　童話
許多生命中的　天使
……

## 十一

有一種愛
只有祝福
它　永不褪色

有一種心
沒有年輪
它　永遠美麗

愛　永不止息

……

——2/14/2010 情人節——

# 千帆外

終於
我們
得同飲一壺　長江水
捲起
一灣寒冷的　衣袖
將那
長長的牽掛
踏成
水中的月色

寫進
千江千水中
……
千帆外
濤聲
不絕
……

——2011那是一個很久很久的等待——

# 恆河的歌

一

遠方山頭的　故事
是用白雪書寫的
恆河的　故事
是用歲月和祈禱編織的
那是　一個
遙遠　遙遠
教彩虹也追不到的　遠方

二

千重山　千重水
你是
粼粼　波光
橫躺在恆河上游的　寧靜
塵世　煙雲
被遺忘在這遙遙青翠的　山谷裡
水聲潺潺
唱著遠行
向大山告別的歌
沒有　顏色
沒有　梵聲

## 三

告訴我
告訴我
恆河為何　恆常在哭泣？
告訴我
告訴我
恆河為何　變老　變憂鬱？

## 四

她點燃一只灯
在恆河的　水邊
為　許一個願
為　還一個願

虔誠的心　姑且
將自己
繫上

## 五

絢麗的紗巾間
我見到千年遺忘的　笑臉
我　將祝福留在中間
願妳們也能圓一場
有詩有歌
少女的
夢

——12/8/2009——

千帆外
——曉蘭詩札

註：我獨自來到喜馬拉雅山角下的小城Rishikesh
這是恆河上游流過的第一個城鎮
深綠的河水
是如此潔靜又祥和
每天，
我從山坡上的住處來到小鎮
今天午後，
我又來到恆河邊　坐著……
在那，我遇見一對慈祥老夫婦
他們，每天傍晚都來到這裡
買一支花似的燭船
點亮它，許個願
輕輕將它送進恆河的水流裡
在河邊，他們合起雙手，坐上一陣……
寂靜中，我見到亮光，沉澱在他們眼中
我感覺到他們溫軟的手，搭在我的肩上……

Part A

# Aria

從恆河寄來的照片和字／作者譯

# 箋

在
寫和
不寫之間

在
寄和
不寄之間
是

# 一封永遠的箋

# 松花江畔

那夜
走過松花江畔
寒風中
最後一捲　潮汐
將　你我
揮別的身影
凍成
一支
晶瑩遙遠的　夢

你說　你正在
飛往巴黎的路上
我說
別忘了　告訴我
那兒
冬天的　顏色

你寄來
一張
蕭瑟了的
楓丹白露
一張
佈滿鋼索
新凱旋門

## 千帆外

——曉蘭詩札

許多年後
你我
依然記得
那頁
深秋時一起寫過
不曾古老的
故事

# 家

用一把熟悉的鑰匙
推開一扇陌生了的門
一室素淨
迎面笑臉　不見

一排父親的煙斗
斜斜躺在牆邊的書台上

一張高中時的油畫
仍靜靜掛在　牆頭

千帆外
——曉蘭詩札

塵煙　悄然爬滿四處
父親泛黃的字典
獨自懷念半個世紀的主人
歲月　無痕
卻似　一張犂
才犂過心頭
翻起半邊風雲
又　轉眼
無蹤影

唸書時　回家曾是開心的事
出國後　回家仍是開心的事
幾年前　母親走了

陽台上的蘭花　不再艷麗
去年　蠟梅正開的冬天
父親也走了
陽台上的蘭花
一株株在嘆息中凋零

午後　窗外淡淡的霧底
浮起許多陌生的建築

環顧四壁
鐘聲己止
鎖上門
鎖上一頁

家的記憶……

——12/14/2010——

# 無言

一

從你
沉寂的墨色中
走出

我們
早已　忘記那年輕的夢
寫的
盡多　滄桑

……

二

在隔世的星空中
翻閱著
你昨日的　詩箋
捨不得
睡
也捨不得
醒

# 挽著夏荷

花影謝去池塘的　夏
清雅　依樣
遠處雕塑的《河》在池邊睡去
夢中
梵谷戴著深黃色帽子
從烏鴉飛過的天空走出來
他終於見到了　藍天
迪加斯（Edgar Degas）的舞者在花園中
翩然起舞
馬蒂斯的黑紗女

## 千帆外

——曉蘭詩札

午後，從畫中也慵懶的走來
挽著　夏荷
走過被遺忘的　夏曰

拾一個　午後的悠靜
乘一杯　咖啡的濃香
飄過花落成笶的　樹蔭
千千
牽掛
都化為
莫內水草中
孚游的倒影

挽著　夏荷
你我乘一片　雲彩
歸去

——走過Norton Simon Museum——

# 千帆外

——曉蘭詩札

# *Part B*

# 鄉關

# 櫻花雨

櫻花　飄過
四月的酒莊
小徑
獨自沉靜
漫長
漫長裡
有　一條
被歲月遺忘的　小溪
有一只
被李白遺忘的　明月

千帆外

——曉蘭詩札

舉一杯深紅的　雪若
喝起來依舊是
一場春愁加五粱液的
辛酸
一場天涯路茫茫的
淒傷

輕搖杯中的　過眼雲煙
剩下　只是
一輪江南長滿鬍鬚的　月光
和褪了色的三月
烟。花。

……

我，站在小徑上

遙送遠去的　花傘

天上，正下著粉色的

櫻花雨

——2010 西雅圖——

# 三月

春花剪　三月
陽光
紛飛

西窗
無雲
歸帆
無影

桂花
依然盛開在
昨夜的　夢裡
等
你

——2009 江南——

# 鄉愁

鄉關　不是遠
只是　返路長

夜夜
夜霧裡
煙雨
似江南

一絲絲
鄉愁

Part B

# 釀成一壺酒

——六十年一場異鄉夢——

# 漫漫長路

一條
漫長的陌生路
是引我回故鄉的路
寒冬　晨霧中
一排參天　水杉老樹
噙淚　欲述
欲述　古運河畔
靜靜寫過的故事

我昂首　盼啊盼
盼那　青葱阡陌

和
阡陌外
水墨氤染
小河交織的水鄉

對你的傳說
是美麗心傷
這條路
如此顛跛漫長
從童顏
到白髮

——2009第一次踏上傳說中的老家——

# 歸

天地　已老
情未　了
紅塵　渺渺
雲路　遙
最是　江南
柳色　俏
再問　千水
無人　曉

# 繭

因為
情比　路長

因為
人和蠶
都有想不開的時候

所以
作繭
自纏

——2009春於江南——

# 一湖煙雨江南水

踏上　回南京的飛機
雲霧裡
他
不能相信　這短短一程
竟花了　六十年歲月
記得那年，鋒火四起
風，吹的天上雲朵
顛狂四散

倉惶中，不經意中送的行
卻是，人間情緣蒼白的　句點
她，
多少長巷裡引頸的　企盼
都如寒冬夜裡　風中飄零的白雪
逕自，散落在柳枝枯盡的湖上
消逝的　無影無踪
她
因思念
成　蝶
千里　夢尋
……
鋒火的歲月
愛情　是一只遙遠的神話

千帆外
——曉蘭詩札

……
六十個春天後
他
終於回家
只是，腳步蹣跚了
他
只能在思念中
追想著她綁著兩條辮子清秀的　身影
在，小河邊的　童年
在，新菜縣相依的　日子
和那媒婆笑開了的
花臉

今年
揚州的風裡
仍吟唱著隋唐的悠雅和古意
然而，於他
卻已是斑駁久遠的記憶
他
為終能掬一杓　故鄉水
為終能再聽一耳　濃郁的鄉音
感恩
……
江南的阡陌
仍依偎在交織的小河邊
古老的運河仍是大地的母親

千帆外

——曉蘭詩札

我
在一個春城花未開的日子
來到湖邊
只為將父親繭化的　鄉愁
在煙雨濛濛的湖中　放生
西湖瘦了
湖中的柳枝
教人　寂寞
……
思念
教亭台也
白了頭？

——2009春于江南——

# 早春

才記得
花落成泥

才記得
葉落滿徑

冬天的霜痕
尚未
退盡

一陣早春暖意
悄然
點燃枝頭

季節
沒因我們感傷而
停留

江水
也未因我們掬惜而
回首

——1/4/2012——

# 煙雨

春風春雨　細紛紛
沒有牧童
也沒有杏花村

千年前
我聽遼河聲滾滾

千年後
只記得
煙

和

雨

揮別時分

——寫於4/09/2010——

# 走過

我走過
這樣的煙雨
我望過
這樣的暮色
我有過
這樣的情懷
別問我
那時我是誰
此魂
輾轉千年

千帆外
——曉蘭詩札

尋找可以遺忘的酒
終究是醉了
還醒

——《流殤亭》老師煙—回函 詩 4/09/2010——

# 地平線外的春天

是誰在紅塵外等待
教你忍不住傾吐深埋的春意

是誰在風中揮手
教你忍不住頻頻　回首

琉璃花海中泛起的嫣紅
喚不回曾經留駐的笑容

## 千帆外
——曉蘭詩札

腳步聲
己，漸行漸遠……
遠到，我只能聽到
風裡傳來微細的
花語。
……

註：小時候，被父母親一人牽著一隻手，走過長長小路的幸福。那是一條望不盡路底的路。它烙印在小小心靈中，浪跡天涯，未曾褪色。路邊，有條清澈小溪。溪邊，有片高高的竹林。溪中，有幸福的水牛，悠閒的魚群，還有一群鴨子。天，藍得汎白。他們，放慢腳步，等我。跟上。

離開故鄉時，他們到機場送行。想念我時，飛過半邊地球，為我們煮一桌好吃的菜。曾經，一樣的春天裏……我們一起走進這片花田裏，在長長的土路上……像小時候一樣。

Part B

父親來這，帶他到走過小路。我，攙著他的手，像小時候一樣。小路，依是無盡的漫長。只是，這次是我放慢了腳步，等他。跟上。

沒等到花開，他先走了。他說，想念我母親，想念遠去的親人，很久了。

再次，來到花間，泥土路上，灑滿春天清香。小路依舊漫長。我卻，只能遠遠的望著遠去的身影。那，地平線外……該也是春天。

# 告別

銀色溼冷的　雨
縱橫
密織

漫長了
台北街頭的孤寂
卻穿不透
今生來世的牆垣

窗下
一盆盛開的紫蘭

溫暖了
白髮季節
……
我緊握杖上一隻隻顫慄的手
是風雨中依稀僅存的溫柔

涉過歲月的大河
在
緣起緣滅間
埋葬一首六十年異域的輓歌
……
螢幕上拂過的歡顏
頓然黑白了
窗外

# 一場春雨

——2009台北，數十位白髮學生向父親告別。——

# 過年

等待一枝臘梅
不開
拾回一束　桃花
送給　青瓷瓶

鄉愁　是
一盒
飄洋過來的
禮盒
裡面藏著一幅

## 千帆外

——曉蘭詩札

祕密
花園

春愁　是
一陣
細雨
催醒園中
沉睡的
蘭

醒來
卻不見
你

Part B

大海
忘了
變換季節
潮起潮落處
寫著
盡是
遺落的
童年

千帆外

——曉蘭詩札

# Part C

# 濤聲

# 再見　淡水

雨後　陽光
明亮了後山小徑的　林梢

純樸的農舍
像失落的　地平線
等待
春天
櫻花再開
你我
從遙遠歲月中

## 千帆外
——曉蘭詩札

走近的跫音
那天
觀音山
沉睡在
霧
裡
……
走回淡水
小鎮
熱鬧的
叫人
愁悵

不知
上那
不知
和誰
可再拾那
遺落的
閒 情

# 最後一班　淡水列車

那
風中　遠去的最後一班淡水列車
好像仍在
不遠的記憶裡
流浪　徘徊

那
紅樹林邊
秋深一支細瘦的　蘆荻
好像仍在

夜露溼透的江面上
吹著熟悉的　笙曲
獨自因思念
惆悵　難眠

也許
當你再走過山邊時
會見到窗外一個似曾相識的
身影

也許
當你再走過水邊時
會在她眼底驀然見到
觀音山

千帆外

——曉蘭詩札

沉澱在歲月中依然清晰的
倒影

也許　也許
那只是
你我　記憶中
揮不去的
一
班

列
車

# 那一夜

風
清冷了
初冬的牧羊橋
蓮花　不再
帆影　已渺

唯　熟悉的身影
隨　琴聲
依舊　在山谷
繚繞

千帆外

——曉蘭詩札

⋯⋯

那一夜
霧裏
捲起的一世情愁
淹沒了你我年少徘徊的
心頭

那一夜
澎湃的江河
在你我心中尋找
可渲泄的
支流

那一夜
風雨中
我們在黑暗裡找回
暗淡了的燭火
搖醒沉睡的鄉愁

那一夜
細雨
沉默了
宮燈下的　你我

長長　身影
為補　一只
破網
千秋

千帆外

——曉蘭詩札

——2011冬——

註：多年前的那一夜，我們在山上聽朋友李雙澤的歌……那一晚，他拋棄一瓶可口可樂，我們決定唱自己的歌，做自己的主人。「民歌」，就從那山上開始，我們見証這頁歷史，我們也成這頁歷史。

# 想起你

人海
茫茫

我卻
獨自　想念
一個遙遠的

你

玫瑰
滿園

千帆外

——曉蘭詩札

我卻
獨自　懷念
一支遙遠的
芬芳
或許
擦身而過
我已
認不得你
然而

每當
我想起　你

仍似
一陣
春風　和煦

常映
心底

# 七夕雨

曾經，星晨滿天
夜涼如水
螢火蟲　逐夢
扇間

外婆說
七夕
會
下
雨

只是，我一直不知道
那雨
是誰眼中滴下的
淚

自從離開故鄉後
就不再有機會和外婆過七夕
自從外婆走後
牛郎織女
就不再相遇
他們
走進我夢中

# 千帆外

——曉蘭詩札

演成一個古老的
故事

雨
仍
下
著

——童年的暑假多在嘉南平原的鄉下陪外婆度過，小溪、藍天、水田、果園、閒散的水牛、潔白的鵝群是不復尋見的記憶。——

# 渡

走進你眼底的
一輪落日
橫躺成　我杯底徐徐升起的
一輪明月

飄泊
只為　遠離漫過城垣的荒涼
只為　撥開眉前堆砌的塵煙
尋
一道　晨曦中清澈
曙光

## 千帆外
——曉蘭詩札

…………
當捲曲的身影　隱入
生命的麥加
當時間的肌膚　變成
古銅的亮光
天空　豁然
遼闊
開朗
…………
在一個
沒有風的海上
為你

打開　一卷深藏的素絹
你蘸滿黃河滾滾的　筆
題起　天山漢水

筆間
炯炯　目光　如火
悲壯　山河　遍野

窗外
依是
一片　無盡的藍
一頁　深鎖的梧桐
夜雨

——2010春行加拿大船上——

# 托斯卡尼的夏天

不是 陽光
穿過聖吉米那諾的鐘樓
太悠長

不是 風
吸吮了葡萄的汁液
太濃郁

不是 起伏山丘
借了向日葵的顏色

太艷麗
是 沈澱在金黃色泥土中的
蟲鳴
教人
捨不得
離去

……………

走過，北義大利托斯卡尼，有古老的城池，高大雄偉的教堂，烏菲茲博物館保存完好的文藝復興時代的文物，中世紀廣場上，有米開蘭基羅大衛雕像，和郊外散落山丘的小酒莊……在山谷中，品嚐一份淡淡的酒香和一份道地的拉薩尼……陽光下，守候著，天地間逐漸老去，關於美的，傳說。

2004年／西歐地中海之行

# 長亭外

送你到火車站
月台　是今日的長亭
我　走到附近的海邊
坐進　夕陽昨日的餘暉裡

彷彿
我　是送你去淡水古街的車站
你　只是回家吃晚餐
火車的汽笛　雄壯的
鳴在　暮靄空曠裡

我走過指南車站
沿著小巷繞到光復戲院後的
小漁村

漲潮了
浪　正拍打著岸
漁船　正準備出航

夕陽
在雲底瀉出　一抹金邊
是如此　熟悉
在昨日
在今日
……

## 千帆外
——曉蘭詩札

畫展
可是
你我人間　路上採集的花香？
長亭外的古道
可是　芳草依舊連天？

把扇一摺
摺起的　歲月
深深　烙在我們臉上

在
太陽　尚未西沉
晨星　尚未初上的天空裡

那克難坡
可是　雅各夢中的天梯？
我們
可都是不小心跌入凡間的天使？

陌生？
永遠不會！
小羊　說的

——2008秋畫展後　記送E到車站——

# 重逢

當　春風拂面起
當　楊柳新綠時

山上的杜鵑
依舊　芬芳
在夢境的　邊埵

重逢
依舊　是一個美麗的　偶然

在　你的眼底
我拾回　塵封在歲月流轉裏
一枝
古典了的
玫瑰
一段
走過了的
真心
和
一個
陌生了的
自己

——2011春——

# 下午茶

窗外
鬱金香開滿小小的庭園
陽光下
一艘緩緩出海的大船
曳 一道銀色碎花
從窗前經過
……

在這
古老的客廳裏
有一種
熟悉的咖啡芬芳

攪散的泡沫中
有一張
歲月中不曾
遺忘的　臉

濃濃的　眉
有
焦糖味

千帆外
——曉蘭詩札

……
窗內
一束蘭
吸引我和她結一場
紫色　前緣

——2011春 Tea House Vancouver——

# 雪香的咖啡

我循著山谷的季節　來到湖邊
雪，輕飄過窗前
白了蒼鬱的　青松
白了過往的　雲煙

窗外，湖水如鏡
冰柱，晶瑩如簾

一場新雪
湮沒了蝶花足跡

# 千帆外

——曉蘭詩札

湮沒了
你我奔馳草原
翻越山嶺的　塵煙

大雁，早已南飛
飛過　潔白冰心

等你
在雲天七千呎
敘　一杯
雪香的咖啡

——2010冬於劍湖——

# 雨中行

當　傘
不再隨你燦然的眉宇　旋起
當　花
不再為你我走過的小徑　綻放

昨日
遺落在　雨中
獨　留下
點

# 滴在心頭

# 淡江記

## 一

那年
蟬聲　昇起
蓮花　開時
走過　牧羊橋
我們沒有說再見
這片山水
在記憶裡
已沉澱的像張　黑白照片

## 千帆外

——曉蘭詩札

石板路
引我們走過昔日教室
不能　想像窗外的風景
已是　如此遙遠的昨日

鵝卵石舖陳的　小徑
綠樹　如蔭
仍　守著一個沉睡了的
夏夢

一個男孩
昂首　把肥皂泡泡　吹滿一片林中
風裡　飛舞得

像一筐新出蛹的　彩蝶
追逐著陽光
在閃閃的樹影裡
尋找前世的　記憶

二

曾經
天氣好的冬天
我們圍著老師在草地上　上課

曾經
天氣好的時候就想　翹課
去　走走　去　照像　去　畫畫
去河邊吹風

## 千帆外
——曉蘭詩札

就是不捨得把青春留在教室

曾經
穿梭山間　辦活動　聽演講
聽好友唱離家五百里
又唱起捕破網

夜裡　聽你撥著弦
用一片春愁　寫
一江細長的　鄉愁
看　江山漁帆
唱　古老中國
……

三

轉眼
杜鵑　又吵吵鬧鬧
開得　一團團絨絨似錦
繡滿飛簷紅廊的山坡間

昔日盛開的花朵
不知已化作春泥多少回？

曾經
不是　一篇故事
只是
星星移動位子　劃過天籟

千帆外
——曉蘭詩札

所以
我們沒有說再見

我用手托住一顆飛舞的泡泡
它　顫顫七彩的光芒
閃礫　在我掌中
想告訴我
一個山裡的故事
卻
什麼也沒說
我　看見彩虹在其中

今天　走時
我也沒有說再見

因為　只是星星
移動
位置
……

——三十年後返校——

# 塵緣

我　徘徊在
聖彼得教堂的莊嚴俊美中間
我　在本子上
畫下一段優雅迴轉的　弧
我　留下
一份走過天堂的　記憶

我　不能了解
昔日的繁華　何時凋零
昔日的帝國　何以沉寂

我問　台伯河
它　只是靜靜流過
我問　吹過廢墟牆頭的風
它回我
一片揚起的
塵煙

陽光下
我依稀看到千年流逝的容顏
仍然在尋找失散的影子

千帆外
——曉蘭詩札

風中
我聽見朋友
在走遠的年代送來的　一首歌
Dust In The Wind

想起
你我迎風起飛的記憶
也已碎落一地

塵煙
陪伴著荒草
從指間伸出牆角
天色正藍　和

昨天一樣
千年塵緣
結和解之間
是　亙古中
一道未曾增減的
雲。煙。

——七月的羅馬，炎熱無比，走過的歷史，比天氣更教人炎熱。

# 廊橋倩影

翡冷翠的夜
像一盤晶瑩的　玉珠
在翠綠的河中　搖愰
折射著遠處摘下的星光
點綴
一座　古橋千年風華
……
是怎樣的　倩影，教你一生　流連？
是怎樣的　美麗，教你看見　天堂？
有一種　愛情

可以在眼中閃爍千年
依然
清澈晶瑩
全然美麗
……

當我走過廊橋時
河上的清風吹得　更是溫柔
當我佇足橋首時
我
在想
天長地久
該
怎樣寫

## 千帆外

——曉蘭詩札

……
我畫了一座古橋
只是
沒遇見但丁

那一天我們走過佛羅倫斯的一座老橋橋上，我們聽到一段美麗的故事，想那佳人倩影，是怎樣的風情。

中世紀古城翡冷翠，有條亞倫河，河上有座著名的古廊橋（Ponte Vecchio）。中世紀最後一位詩人但丁（Dante Alighieri）與女孩貝翠絲（Beatrice Portinari）曾經在此橋邊相遇……

*On their second encounter Beatrice greeted Dante as she passed him, and he wrote*

*"the hope of her admirable greeting abolished in me all enmity and*
*I was possessed by a flame of charity,*
*and if anyone had asked me a question I would have said only Love!*
*with a countenance full of humility."——Dante Alighieri*

註：但丁和貝翠絲一生之中，只有兩次相遇，也未曾直接說過話。但是，因著她，塑造了一位中世紀偉大的詩人。因著她，他的一生被改了。他，變得感性又仁慈，對他而言，她是一位全然美麗上帝創造的女子。

但丁九歲時（1274年5月），第一次與貝翠絲擦肩相遇，她才八歲。九年之後（1283年），兩人在這亞諾河的廊橋（老橋）邊再次相遇。其實，他並不真的認識她，其實，什麼事也沒發生。只是，對她的愛慕，一生不渝，她24歲早逝，他一生流離顛沛，送走的是她的背影。送不走的是對她的深情，因著她，寫了「神曲」。天堂外的天使是她全然美麗的化身。

# 風中的舞者

霧，
悄悄升起
夢，斜斜寫過
你
是我航行中遇見　一隻
美麗的身影

風中
飄然　而過

擁著
一絲 哀傷
為
時間 寫一篇

綿
亙
遼
濶
……

千帆外

——曉蘭詩札

註：忘記有多久沒聽到埃裏克沙地（Erik Satie）音樂，如霧中遇見失落許久，仍穿梭在古希臘柱廊間悠雅的舞者，好像尋回失落很久的一個走遠的自己。

# 銀色的月光

這夜
悄然從這世界溜逝
卻不知
它是否將會　睡去

那銀色如紗的　月光
依樣　灑在這海上和城裏
我　卻是更加想念你

然而　你是不會知道的

千帆外
——曉蘭詩札

我　將繼續深信
在那靈魂深處
你我從也未曾分離

我　知道
不論世事變遷如何
我　依舊愛著你

雖然
你已不在我身邊

註：喜愛這首TiAmero，
特別在銀色月光的夜裡
就試著譯詞了……

Part C

希望
你也有　一個灑滿銀色月光的美麗夜晚
在星光　隱隱中

# 潮聲響起

仰看你風中
乘浪　而來的風采
讀你歲月中
穿越大漠的風霜
畫一道
你我眼中　的
海岸線
似水
似沙
……

是什麼樣的　陽光
可以叫你　不再流浪？
是什麼樣的　潮汐
可以叫你　捲起風帆？
是什麼樣的
夢中
可以共坐
水邊
守住一個
不再褪色的
春天
……

# 千帆外

——曉蘭詩札

想起　淡水
多一份　想家的理由
飛越　千山萬水
只為帶來遠方的　祝福
在
草淺水落處
尋找你輕聲的
嘆息

……

青山依舊在
幾度夕陽紅

唯
江水悠悠
逕自
如昨
……
潮聲響起
依如
琴弦飛躍冷泉一般的　千古
豈
又
止於
你手中展開的

# 赤壁賦……

# 兩小無猜

諾大　戲院
稀疏　遊子
遙遠　天涯
微涼　海風

長巷盡頭
是
一條沉寂的古街
有淡淡的月光
陪我們走過

千帆外
——曉蘭詩札

那是
一個永遠的故事
寫在
一個走遠的夏夜

——Robin Gibb 2012逝世，他的First Of May是我們年輕時，許多人喜愛的歌。——

# 雲遊

水　分為二

雲上　二個海
影子　在雲下　奔跑

遠處的雲海
像噴著岩漿的火山　層層疊疊
飄過的雲朵
像嘉南三月的木棉　纏纏綿綿

## 千帆外

——曉蘭詩札

一片
紀元前走失的　雲
卻仍執着的
在世間尋找天堂的
印記

穿過時間的 縫隙
一疊雲遊的鉛字
灑落
一地收不回的
記憶

沉寂的墨跡
仍滲着古草的馨香

咀嚼着主人
淡泊的心意

遠方　一道光
在翻騰雲海中
對我說
孤獨　不是寂寞

找不到　回家的路
因為　家不在地上

找不到　　天堂
因為　天堂在心中

千帆外

——曉蘭詩札

沒擁有　知己
因為　知己不被擁有
天開了
看見　遠方的你
仍在雲裡
守著
芒果樹下的
金黃

# 永遠的彩虹

在青澀歲月認識的你
是一朵奔馳天際
偶然劃過眼睫的　雲朵

雖然
不能　伴你一生
卻
不能　不一生祝福你

因為

千帆外

——曉蘭詩札

你在星沉的夜裏仍溫柔的說
只要你快樂
我都願意

長大後
常常想起你
像　雨後天邊
　一道
永遠的彩虹

# 夜歌

那　海邊的
風
添了幾許白髮
那　山上的
小徑
添了幾許苔痕
那　街角的
燈

仍想念着　走遠的跫音
那　天邊的
星
仍守候著着　古老的誓言
露溼石階的
夜
是一頁永遠的
歌

——三十年後重返母校——

# 大峽谷

放眼千里
是
一道道沉睡了億萬年的地層線
孤寂　山谷
天斧　切面
寫著1680 m.y.a. to 270 m.y.a.的日月風華……
遠方的河
緩緩的已流成地圖上
一條1.0彎延的針筆線

千帆外

——曉蘭詩札

腳上踩着歲月的
新界
跨越　短暫和永恆
生命
比流星還 短暫
却　不失光華

⋯⋯⋯⋯

懸崖上的枯樹
昂揚　蒼勁
它說
我若
可以選擇朽去的記憶

# 我將選擇
# 感謝
# 和
# 讚美

千帆外

——曉蘭詩札

# Part D

# 沙漠情緣

那一天，
穿過長長的沙漠……
車上，遇見一位留法畫家
他們談舊時朋友前輩，李老，劉老，顧老……和巴黎
他們　開心
沙漠中遇見原鄉人
說相同的　語言
在藍天下　結一段沙漠情緣
……

# 沙漠情緣

沙漠裡，公路筆直得　滄涼
山，凸的只剩下枯枝 零落
一大車朋友
一趟維加斯旅
不賭，不舞的她，決定帶一群朋友選個好地方吃個舒適晚餐
而後，去走訪街角新落成的建築

Bellagio太擠人，選了新開的Cosmopolitan
大廳，幾十隻柱子，像個多媒體的大舞台
裡面，有人在等待，有人在擁抱
忽前忽後，忽左忽右

## 千帆外

——曉蘭詩札

虛擬現實，熱情冷漠
牆上的畫，是數百片鐵皮貼起的紅
桶中的雕刻，是幾顆不銹鋼的豆芽

往右一條街是City Center
幾座巨型雕刻，為給聲色的城添些文化氣息
大街上閃爍的大螢幕和走馬燈
將巴黎鐵塔，威尼斯寫成星空下
一劇穆梭斯基的　展覽會之畫
亞德里亞海上的威尼斯，塞那河邊的夜巴黎正在遠方嘆息

一片Condo帷幕玻璃巨牆
她想起聖彼得堡城郊的連棟式的巨型公寓和
古舊電車　在雪地中艱辛走着的一幕

搭上輕軌去Crystal Walk，新開的Mall充滿各種時尚精品
懸空盤旋而上的木製餐廳，像從亞瑪遜河流域走出來樹藤
流連在這奇幻星空下

從那，走回Bellagio，只有五分鐘
她還是喜愛傳統義大利建築的古典和對稱
門前隨風搖曳的水舞，仍是沙漠星空下一個美麗的驚嘆號

和朋友在大廳鋼琴旁坐
琴鍵，如春天的花瓣　飛舞
一對男女踩着Evita
Las Vegas的夜
還是可以清徹得

像他們杯中的　檸檬水

…………

第二天，路過 Lake Las Vegas
那裡，有一座像廊橋的酒店
在湖邊義大利小店中，她喝着拉鐵
陽光　有些刺眼
沙漠中的湖水，有些孤寂

…………

幾隻小船一覺醒來
怎也記不得
是如何從遙遠古老的山城來到沙漠

# 走過

飛飛（侯飛月）

走過
這裡那裡，
陽光默默低頭不語

沒有枝葉扶疏
也找不到風和曰麗
請一位呼風喚雨的道士
來治一治這夏曰冷凍的井水
冬天燃燒著的黑色森林

千帆外
——曉蘭詩札

手握著麥克風，
道士身披長袍
僅僅曇花一現
就消失得無影無蹤

走過
這裡與那裡
看不到乘風的大鵬鳥
找不到動人的小彩蝶
只有幾叢枯草
蕭蕭然停在路邊

前後左右
東一堆西一堆
放眼只是腐臭的
屍泥跟蒼蠅螞蟻
藥劑師們戴著白色的口罩、
一群樂師穿梭於不協調的音階裡、
模糊的遠處人們迷戀著燈紅酒綠……
商場上拍賣、拍賣、再拍賣
喧嘩得無晝又無夜……

於是
我決定了離開
原封不動地將包袱
還給浮華大千的這裡與那裡

千帆外
——曉蘭詩札

飛鳥隨風
如夢似幻
藍天白雲底下是
壯麗彎曲的河川
正在洗滌著山岳與丘陵

——11/9/2011 送給曉蘭一首心詩／侯飛月作於洛杉磯——

# 飛月清風

乘飛月清風
翻閱昨日星空
在夜霧
捲起的山間

你
是夏夜荷塘中走出的一枝
蓮

千帆外

——曉蘭詩札

曉蘭送給飛月詩

——9/11/2011——

# 尋找

沙漠中
走進一座義大利古城
陽光下
有一道長長的　身影
尋找
被遺忘的　主人
昨天
明天

千帆外
——曉蘭詩札

在這
只是遙遠的　祭
……………

# 女孩

女孩
踩着五寸的高跟鞋
手臂上戴着一枝
粉色　鮮花
二手拉着捲起的迷你裙
長長的　頭髮
寫一個拉斯維加的
不眠夜
……

# 夜

這夜

有聲
無聲
閃爍
沉寂

黑幕下四方斜倒的新建築
該又是Frank Gehry的新聲
Cleveland Clinic Lou Ruvo Center for Brain Health

無助座落街頭
愁對新月
醉
也無處

# 山水之約

沙漠中
山水
沉寂
披着千年迦紗
為守一個亙古前的
誓言

釀詩人22 PG0795

# 千帆外
## ——曉蘭詩札

作　　者　王曉蘭
責任編輯　林千惠
圖文排版　邱瀞誼
封面設計　陳佩蓉

出版策劃　釀出版
製作發行　秀威資訊科技股份有限公司
114 台北市內湖區瑞光路76巷65號1樓
電話：+886-2-2796-3638　傳真：+886-2-2796-1377
服務信箱：service@showwe.com.tw
http://www.showwe.com.tw
郵政劃撥　19563868　戶名：秀威資訊科技股份有限公司
展售門市　國家書店【松江門市】
104 台北市中山區松江路209號1樓
電話：+886-2-2518-0207　傳真：+886-2-2518-0778
網路訂購　秀威網路書店：http://www.bodbooks.com.tw
國家網路書店：http://www.govbooks.com.tw
法律顧問　毛國樑　律師
總 經 銷　聯合發行股份有限公司
231新北市新店區寶橋路235巷6弄6號4F
電話：+886-2-2917-8022　傳真：+886-2-2915-6275

出版日期　2012年8月　BOD一版
定　　價　290元



**Printed in Taiwan**

國家圖書館出版品預行編目

千帆外：曉蘭詩札 / 王曉蘭著. -- 一版. -- 臺北市：釀出版, 2012. 08
面；　公分
BOD版
ISBN　978-986-5976-49-1 (平裝)

851.486　　101012747

# 讀者回函卡

感謝您購買本書，為提升服務品質，請填妥以下資料，將讀者回函卡直接寄回或傳真本公司，收到您的寶貴意見後，我們會收藏記錄及檢討，謝謝！如您需要了解本公司最新出版書目、購書優惠或企劃活動，歡迎您上網查詢或下載相關資料：http:// www.showwe.com.tw

您購買的書名：________________________________

出生日期：________年________月________日

學歷：□高中（含）以下　□大專　□研究所（含）以上

職業：□製造業　□金融業　□資訊業　□軍警　□傳播業　□自由業

□服務業　□公務員　□教職　□學生　□家管　□其它____

購書地點：□網路書店　□實體書店　□書展　□郵購　□贈閱　□其他

您從何得知本書的消息？

□網路書店　□實體書店　□網路搜尋　□電子報　□書訊　□雜誌

□傳播媒體　□親友推薦　□網站推薦　□部落格　□其他________

您對本書的評價：（請填代號　1.非常滿意　2.滿意　3.尚可　4.再改進）

封面設計____　版面編排____　內容____　文／譯筆____　價格____

讀完書後您覺得：

□很有收穫　□有收穫　□收穫不多　□沒收穫

對我們的建議：________________________________

________________________________

________________________________

________________________________

請貼
郵票

11466
台北市內湖區瑞光路 76 巷 65 號 1 樓
**秀威資訊科技股份有限公司** 收
BOD 數位出版事業部

（請沿線對折寄回，謝謝！）

姓　　名：＿＿＿＿＿＿＿＿ 年齡：＿＿＿＿ 性別：□女　□男

郵遞區號：□□□□□

地　　址：＿＿＿＿＿＿＿＿＿＿＿＿＿＿＿＿

聯絡電話：(日)＿＿＿＿＿＿＿＿ (夜)＿＿＿＿＿＿＿＿

E-mail：＿＿＿＿＿＿＿＿＿＿＿＿＿＿＿＿